PRÓLOGO

"Si un día el teatro muriera, nacería al día siguiente cuando un niño, en un desván, se vistiera con ropajes antiguos, jugando a convertirse en otro personaje."

JOAN BROSSA, poeta

Este libro que ahora tienes en tus manos es una clara invitación para realizar una de las más apasionantes actividades que existen: hacer teatro. Y hacer teatro no es otra cosa que jugar a traspasar mágicamente –intrépida Alicia– el espejo de lo cotidiano para descubrir así que hay otras vidas, otras personas, otros tiempos, otros espacios distintos a los tuyos, para acercarnos a ellos, para proyectar en una serie ilimitable de personajes nuestros propios sueños e ilusiones.

El Teatro, de esta manera, se concibe desde el principio como un juego (el juego de la libre Expresión) con unas reglas básicas muy fáciles, que todos deben aceptar, en donde el texto a representar se convierte en un pretexto para jugar con hechos, acciones, personajes, escenarios, músicas, ambientes... y en donde el público no debe ser un mero representante pasivo sino parte importante de la acción misma: aquellos que tienen el poder de contemplar muy de cerca los sentimientos, deseos e inquietudes de aquellos que viven al otro lado del espejo y que han sido convocados por la magia del Juego Teatral para disfrute de actores y espectadores.

Con esa idea nace esta obra. Es una más entre una selección de textos elegidos con el motivo que se acaba de exponer. Es un texto vivo, concebido por el autor para el placer de la recreación artística. Seguro que, en manos de jóvenes actores–jugadores, el texto se expande, se ensancha, se sube al escenario, se va más allá de los límites de la sala donde se representa, prendido en la retina y en el corazón de los que lo vean. Por eso se ha escrito esta obra: para que sea representada, para que se abra con el telón, para que sus palabras lo inunden maravillosamente todo...

Será tarea del director o directora de la obra que la ilusión siempre esté presente, superándose así las horas más mecánicas de la repetición y del ensayo. También en ellas se puede buscar qué hay detrás de la palabra, del guiño que hace el personaje y que no dice el texto, de todo cuanto puede enriquecer la obra y que el autor no quiso desvelar.

Animaos todos con ella. Divertirse tiene que ser la meta esencial, lo primordial. Cuando los niños, las niñas, la juventud toda, asume una propuesta con verdadero entusiasmo, no hay límites ni barreras, no hay impedimentos ni obstáculos.

Ojalá que este texto que aquí nace se acoja con ese contagioso y fenomenal entusiasmo que posee la infancia.

Si así fuera, no existiría duda alguna de que la obra habría prendido más allá de las fronteras naturales de este libro, que son sus páginas, se habría hecho grande, muy grande, y habría llegado, dulce y maravillosamente, a los lugares que para ella un día soñó su autor.

José Cañas
Coordinador de la serie de Teatro
Editorial EVEREST

Las Aceitunas

de Lope de Rueda

Adaptado por

José Cañas Torregrosa

PERSONAJES

TORIBIO, simple, viejo

ÁGUEDA, su mujer

MENCIGÜELA, su hija

ALOJA, vecino

(Al abrirse el telón se muestra la fachada de una casa castellana ante cuya puerta llega, arreciado de frío y de humedad, Toribio, llevando una carga de leña que deposita con prontitud en el suelo para poder llamar en ella con todas sus fuerzas.)

Toribio: ¡Válgame Dios! ¡Qué tempestad ha caído sobre mí desde el monte hasta acá, que parecía que el cielo se quería hundir y las nubes venirse abajo! Menos mal que ya estoy en casa. Veamos ahora qué ha preparado de comer mi buena señora, ¡mala rabia la mate! ¡Mencigüela! ¡Muchacha! ¡A ver si es que todos duermen en Zamora! ¡ÁGUEDA!

Mencigüela: *(Abriendo la puerta)* ¡Jesús, padre! ¿Es que tiene usted que romper las puertas?

Toribio: *(Sin entrar a la casa)* ¡No me grites, deslenguada; mira que muerdo! ¿Y dónde está vuestra madre?

Mencigüela: Está en casa de la vecina. Ha ido a ayudarle a coser unas madejillas de hilo.

Toribio: ¡Malas madejillas vengan por ella y por vos! Anda y llámala.

Águeda: *(Que aparece en escena por la derecha del espectador)* Va, va. Ya estoy aquí. ¡Vaya voces y vaya un misterio! Total, para una negra carguilla de leña...

Toribio: ¿Carguilla de leña le parece a la señora? Juro por el cielo que entre vuestro ahijado y yo no podíamos con ella.

Águeda: Ya, ya... Pues, en hora mala sea. ¡Y qué mojado venís!

Toribio: Vengo hecho una sopa. Mujer, por vida vuestra, dame algo de cenar.

Águeda: ¿Y qué diablos te voy a dar, si no tengo cosa alguna?

Mencigüela: ¡Jesús, padre, y qué mojada que está la leña!

Toribio: Claro; después tu madre dirá que es del rocío de la mañana.

Águeda: Corre, muchacha; prepara un par de huevos para que cene tu padre, y hazle luego la cama. *(La chica entra a la casa mientras los esposos continúan la conversación)* Seguro, marido, que no te has acordado de plantar aquel garrote de aceitunas que te rogué que plantaras.

Toribio: ¿Pues, en qué me he detenido sino en plantarlas como me rogaste?

Águeda: ¿Sí? ¿Y en dónde lo plantaste?

Toribio: Allí, junto a la higuera breval, donde, si te acuerdas, en cierta ocasión te di un beso.

(Mencigüela aparece de nuevo, asomándose a la puerta.)

Mencigüela: Padre, ya puede venir a cenar, que ya está todo preparado.

Águeda: Marido, ¿sabéis lo que he pensado? Que aquel garrote de aceitunas que plantaste hoy, de aquí a seis o siete años nos dará cuatro o cinco fanegas de aceitunas, y que poniendo plantas aquí y allá, de ahora a veinticinco o treinta años, tendremos un olivar hecho y derecho.

Toribio: Es verdad, mujer. Sería lindo.

Águeda: Mira, marido: ¿sabéis que he pensado? Yo cogeré la aceituna y vos la acarrearéis con el asnillo, y luego, Mencigüela la venderá en la plaza. Y mira, muchacha, que te mando que no me des el celemín por menos de dos reales castellanos.

Toribio: ¿Cómo a dos reales castellanos? ¿No veis que eso es un cargo de conciencia y nos recomerá cada día la pena? Bastará con pedir catorce o quince dineros por celemín.

Águeda: Calla, marido, que las aceitunas son de la variedad de las de Córdoba.

Toribio: Pues aunque sean de la casta de las de Córdoba, basta con pedir lo que he dicho.

Águeda: Ahora no me quiebres la cabeza. Mira, muchacha, que te mando que no las des a menos de dos reales castellanos el celemín.

Toribio: *(Tomándola del brazo derecho)* ¿Cómo que a dos reales castellanos? Ven acá, muchacha: ¿a cómo las venderás?

Mencigüela: A como quisiera, padre.

Toribio: A catorce o quince dineros.

Mencigüela: Así lo haré, padre.

Águeda: *(Tomando a su hija del brazo izquierdo)* ¿Cómo que "así lo haré, padre"? Ven aquí, muchacha: ¿a cómo las venderás?

Mencigüela: A cuanto mandes, madre.

Águeda: A dos reales castellanos.

Toribio: *(Volviendo a tirar con fuerza del brazo derecho de Mencigüela)* ¿Cómo que a dos reales castellanos? Te prometo que si no haces lo que te mando, te daré más de doscientos correazos. ¿Cuánto pedirás?

Mencigüela: Lo que usted diga, padre.

Toribio: A catorce o quince dineros.

Mencigüela: Así lo haré, padre.

Águeda: *(Ahora es la madre de Mencigüela quien tira con fuerza del brazo izquierdo de su hija, mientras la golpea al mismo tiempo)* ¿Cómo "así lo haré, padre"? Toma, toma... Haz lo que te mando.

Toribio: Deja a la muchacha.

Mencigüela: ¡Ay, madre; ay, padre, que me mata!

(Por la izquierda del espectador aparece providencialmente Aloja, vecino de Águeda y Toribio.)

Aloja: ¿Qué es esto, vecinos? ¿Por qué maltratáis así a la muchacha?

Águeda: ¡Ay, señor! Este mal hombre que me quiere dar las cosas a menos precio y quiere echar a perder mi casa. ¡Unas aceitunas que son como nueces!

Toribio: Juro por los huesos de mi linaje que no son ni aún como piñones.

Águeda: Sí son.

Toribio: No son.

Aloja: Ahora, señora vecina, hágame el placer de entrar a su casa, que yo lo averiguaré todo.

Águeda: Averigüe, averigüe…

(Águeda entra a la casa, refunfuñando entre dientes.)

Aloja: Señor vecino, ¿dónde están las aceitunas? Sáquelas aquí afuera, que yo las compraré, aunque sean veinte fanegas.

Toribio: Que no, señor; que no es de esa manera que vuesa merced piensa, que no están las aceitunas en casa, sino en la heredad.

Aloja: Pues tráiganlas aquí, que yo las compraré todas al precio que fuese justo.

Mencigüela: A dos reales quiere mi madre que se venda el celemín.

Aloja: Caro es.

Toribio: ¿No le parece a vuesa merced?

Mencigüela: Y mi padre, a quince dineros.

Aloja: Tráigame una muestra de ellas.

Toribio: ¡Válgame Dios, señor! Vuesa merced no me quiere entender. Hoy he plantado un garrotillo de aceitunas, y dice mi mujer que de aquí a seis o siete años dará cuatro o cinco fanegas de aceituna, y que ella las cogería, y que yo la acarrease y la muchacha las vendiese, y que por fuerza había de pedir dos reales por cada celemín; yo que no, y ella que sí, y sobre esto ha sido la cuestión.

Aloja: ¡Oh, qué graciosa cuestión; nunca había visto cosa igual! Las aceitunas no están plantadas y ¡ya ha cobrado la muchacha!

Mencigüela: ¿Qué le parece, señor?

Toribio: No llores, rapaza. La muchacha, señor, es como el oro. Ahora, anda, hija, y ponme la mesa, que prometo hacerte un regalillo de las primeras aceitunas que se vendan.

Aloja: Y ahora, andad, vecino, entraos y tened paz con vuestra mujer.

Toribio: Adiós, señor.

(Mencigüela y su padre entran a su casa mientras Aloja, a modo de reflexión en voz alta, sentencia.)

Aloja: Por cierto, ¡la de cosas que vemos en esta vida que espantan! Las aceitunas no están plantadas, y ya las hemos visto reñidas. Razón será que dé fin a mi embajada.

El Matón Cobarde

de Lope de Rueda

Adaptado por
José Cañas Torregrosa

PERSONAJES

POLO, lacayo

VALLEJO, lacayo

GRIMALDO, paje

(Plazoleta castellana; el edificio que más se resalta es el de los BAÑOS PÚBLICOS; primeras luces del amanecer. Una figura aparece por la derecha del espectador. Muestra enseguida una sensación indefinida entre frío y sueño.)

Polo: A buena hora vengo, que ninguno de los que quedaron en venir han llegado; pero ¿qué gano yo, si por cumplir con la honra de este desesperado de Vallejo, he madrugado antes de la hora acordada? Anda que es cosa renombrada la de este hombre, que no hay día en toda la semana que no pone a los lacayos de la casa o parte de ellos en revuelta. No sé por qué diablos se lió con Grimaldicos, el paje del Capiscol[1], siendo él uno de los mozos más honrados que hay en este pueblo. Ahora tengo que ver a cuánto alcanza su intención, ya que presume de tan valiente.

Vallejo: ¿Tanto se ha de sufrir en el mundo? ¿Cómo puede ocurrir una cosa como ésta, y más estando a la puerta del Aseo, donde tanta gente importante se suele llegar? ¿Hay peor cosa que un rapaz descaradillo que casi nació ayer se me quiera subir a las barbas y que me digan a mí los lacayos de mi amo que me calle por ser el Capiscol, su señor, amigo de quien a mí me da de comer? Así podría yo andar desnudo e ir de aquí a Jerusalén con los pies descalzos y con un sapo en la boca atravesado en los dientes, que tal negocio dejase de castigar. *(Descubriendo a Polo)* Acá está mi compañero. ¡Ah, mi señor Polo! ¿Acaso ha venido alguno de aquellos hombrecillos?

Polo: No he visto ninguno.

Vallejo: Bien está. Señor Polo, la merced que se ha de hacer es que aunque vea gente, dobléis

[1] Dignidad capitular a cuyo cargo estaba la dirección del canto del coro catedralicio.

vuestra capa y os sentéis encima como juez de la disputa, y tengáis cuenta en los términos que llevo en mis pendencias; y si viera algunos muertos a mis pies, que no podrá ser menos, cumpliendo los designios de la Majestad Divina, échele el ojo a la Justicia en tanto que yo me doy a la escapada.

Polo: ¡Cómo! ¿Tanto pecó aquel pobre mozo, que os habéis querido poner en necesidad a vos y a vuestros amigos?

Vallejo: ¿Más quiere vuesa merced, señor Polo, sino que llevando el rapaz la falda al Capiscol, su amo, al dar la vuelta me tocó con la punta de su bastón en la faja de la capa de mi librea[2]? ¿A quién se le hubiera hecho semejante afrenta, que no tuviera ya docena y media de hombres muertos y dispuestos a hacer con ellos carne de momia?

Polo: ¿Por tan poco? ¡Válgame Dios!

Vallejo: ¿Poco os parece reírse de mí después en la cara como quien hace escarnio?

---

[2] Traje que los príncipes, señores y algunas otras personas o entidades dan a sus criados; por lo común, uniformes con distintivos (Diccionario Enciclopédico Salvat).

Polo: Pues de verdad que es Grimaldicos un honrado mozo, y que me maravilla pueda hacer tal cosa; pero él vendrá y dará sus disculpas, y vos, señor, le perdonaréis.

Vallejo: ¿Eso decís, señor Polo? Más me pesa, porque sois amigo, por dejaros decir semejante palabra. Si yo ahora perdonase este asunto, decidme vos cuál queréis que ejecute.

Polo: Vea, por ahí viene.

Grimaldo: Ea, gentiles hombres, tiempo es ahora que se eche este negocio a una banda.

Polo: Aquí estaba rogando al señor Vallejo que no pasase adelante este negocio, y lo encuentro tomado tan a pecho, que no basta razón con él.

Grimaldo: Hágase vuesa merced a un lado; veremos para cúanto es esa gallinilla.

Polo: Miren, señores, óiganme una razón, y es que yo me quiero poner en medio; veamos si me harán tan señalada merced los dos que no riñan por ahora.

Vallejo: Así me podrían poner por delante todas las piezas de artillería que defienden las fronteras de Asia, África y Europa, y que volviesen ahora a resucitar las lombardas de hierro colado con las que el cristianísimo rey Don Fernando ganó Baza; y finalmente aquel tan nombrado Galeón de Portugal con toda la canalla que lo rige viniese, que todo lo que tengo dicho y mentado fuese bastante para mudarme de mi propósito.

Polo: Por Dios, señor, que me habéis asombrado, y que no estaba aguardando sino cuando habíais de mezclar las galeras del Gran Turco con todas las demás que van de Levante a Poniente.

Vallejo: ¡Qué! ¿No las he mezclado! Pues yo las doy por mezcladas; vengan.

Grimaldo: Señor Polo, ¿para qué tantas cosas en el almacén? Hágase a un lado de una vez y déjeme con ese ladrón.

Vallejo: ¿Quién es ladrón, babosillo?

Grimaldo: Tú lo eres. ¿Hablo yo con algún otro?

Vallejo: ¿Es que no es para sufrir, que se ponga este desbarbadillo conmigo de tú a tú?

Grimaldo: No hacen falta barbas para una gallina como tú: antes con las tuyas, delante del señor Polo, pienso limpiar las suelas de mis zapatos.

Vallejo: ¡Las suelas, señor Polo! ¿Qué más podía decir aquel valerosísimo español Diego García de Paredes?

Grimaldo: ¿Lo conociste tú, palabrero?

Vallejo: ¿Yo, rapagón[3]? El campo santo de batalla que se hizo en el Piamonte ¿quién lo sembró de cadáveres sino él y yo?

Polo: ¿Vuesa merced? ¿Y es cierto lo de ese campo?

Vallejo: ¡Buena es la pregunta! Y aun unos pocos de hombres que a él le sobraron por estar cansado ¿quién les quitó la vida sino este brazo que veis?

Polo: ¡Pardiez, me parece esto una cosa señaladísima!

Grimaldo: Que miente, señor Polo. ¿Un hombre como Diego García se había de acompañar de un ladrón como tú?

[3] Mozo joven a quien todavía no le ha salido la barba, pareciendo como que está rapado.

Vallejo: ¿Ladrón era yo entonces, palomillo?

Grimaldo: Si entonces no, ahora lo eres.

Vallejo: ¿Cómo lo sabes tú, patito nuevo?

Grimaldo: ¿Cómo? ¿Qué fue aquello que te pasó en Benavente, que está la tierra más llena de ello que de simiente mala?

Vallejo: Ya, ya sé qué es eso. *(Dirigiéndose ahora a Polo)* A vuesa merced, que sabe de negocios de honra, señor Polo, lo quiero contar, que no acostumbro satisfacer a semejantes pulgas. Yo, señor, fui a Benavente a un caso de poca monta, que no era sino matar cinco lacayos del Conde, porque quiero que lo sepa; fue porque me habían rebelado a una mujercilla que estaba por mí en casa del padre en Medina del Campo.

Polo: Conozco muy bien aquella tierra.

Vallejo: Después que fueran enterrados y yo, por mi retraimiento, me viese en alguna necesidad, me apoderé del manto de un clérigo y de unos manteles de casa de un bodeguero donde yo solía comer, pero me cogió la Justicia y pagué por ello. Y esto es lo que este rapaz está diciendo. Pero ahora, ¿me falta de comer en casa de mi amo para que use yo de esos tratos?

Grimaldo: ¡Vamos, que tengo prisa!

Vallejo: Señor Polo, aflójeme vuesa merced un poco estas ligas.

Polo: Aguarde un poco, señor Grimaldo.

Vallejo: Ahora apriéteme esta hebilla del lado de la espada.

Polo: ¿Está ahora bien?

Vallejo: Ahora métame una nómina que hallará aquí, al lado del corazón.

Polo: No encuentro ninguna.

Vallejo: ¡Qué! ¿No traigo ahí una nómina?

Polo: No por cierto.

Vallejo: A lo mejor me la he olvidado en casa debajo de la almohada, y no puedo reñir sin ella. Espérame aquí, ratoncillo.

Grimaldo: Vuelve acá, cobarde.

Vallejo: Vaya, sí que sois porfiado; sabed que os dejaría un poco más con vida si fuera a por ella. *(A Polo)* Déjeme, señor Polo, hacer a ese hombrecillo las preguntas que estoy obligado para calmar mi conciencia.

Polo: ¿Qué le habéis de preguntar, decidme?

Vallejo: Déjeme vuesa merced hacer lo que debo. ¿Cuánto tiempo hace, golondrinillo, que no te has confesado?

Grimaldo: ¿Quién eres tú para preguntarme eso?

Vallejo: Señor Polo, vea vuesa merced si quiere que ese pobre mozo le diga algo a su padre, o cuántas misas manda que le digan por su alma.

Polo: Yo, hermano Vallejo, bien conozco a su padre y madre. Si algo sucediese, sé dónde viven.

Vallejo: ¿Y cómo se llama su padre?

Polo: ¿Para qué queréis saber su nombre?

Vallejo: Para saber quién me querrá pedir su muerte

Polo: Ea; acabad ya, que esto es una vergüenza. ¿No sabéis que se llama Luis de Grimaldo?

Vallejo: ¿Luis de Grimaldo?

Polo: Sí, Luis de Grimaldo.

Vallejo: ¿Qué me dice vuesa merced?

Polo: Nada más que esto.

Vallejo: Pues, señor Polo, tomad esta espada y por el lado derecho apretad cuanto pudierais que después que sea ejecutada esta sentencia, os diré el porqué.

Polo: ¿Yo, señor? Guárdeme Dios que tal cosa haga ni quite la vida a quien nunca me ha ofendido.

Vallejo: Pues, señor, si vos por ser mi amigo rehusáis, vayan a llamar a cierto hombre de Piedrahita, de quien yo he matado con mis propias manos casi a la tercera parte de su generación, y ése, como capital enemigo mío, vengará en mí su saña.

Polo: ¿Con qué intención?

Vallejo: ¿Que con qué intención me preguntáis? ¿No decís que es ése hijo de Luis de Grimaldo, alguacil mayor de Lorca?

Polo: Y no de otro.

Vallejo: ¡Desventurado de mí! ¿Quién es el que me ha librado tantas veces de la horca sino el padre de ese caballero? Señor Grimaldo, tomad vuestra daga y vos mismo abrid este pecho y sacadme el corazón y abridle por medio y hallaréis en él escrito el nombre de vuestro padre, Luis de Grimaldo.

Grimaldo: ¿Cómo? ¿Qué? No entiendo eso.

Vallejo: No quisiera haberos matado, por los santos de Dios, ni por toda la soldada que me da mi amo. Vamos de aquí, que quiero gastar lo que me quede de vida en servicio de este gentil hombre, en recompensa de las palabras que sin conocerle he dicho.

Grimaldo: Dejemos eso, que yo quedo, hermano Vallejo, para todo lo que os cumpliere.

Vallejo: Vamos, pues ya que le conozco, nos entraremos por casa de Malata, el tabernero, que aquí traigo cuatro reales; no quede sólo un dinero, que todo se gaste en servicio de mi más que señor Grimaldo.

Grimaldo: Muchas gracias, hermano; guardad vuestros reales para lo que os convenga, que el Capiscol, mi señor, querrá volver a casa, y yo estoy siempre para vuestra honra.

Vallejo: Señor, como criado menor me puede mandar; vaya con Dios. *(Dirigiéndose a Polo, mientras se marcha Grimaldo)* ¿Ha visto vuesa merced, señor Polo, cómo es de entonado el rapaz?

Polo: A fe que parece como de honra. Pero vamos, que es tarde ¿quién quedó en guardar la mula?

Vallejo: El lacayuelo quedó. ¡Ah, Grimaldico, Grimaldico, cómo te me has escapado de la muerte por darte a conocer! Pero ten cuidado, no vuelvas a dar el menor tropezoncillo del mundo, que toda la parentela de los Grimaldos no sería bastante para que, a mis manos, ese pobrecito espiritillo, que aún está con la leche en los labios, pueda conmigo.

Entremés de El Retablo de las Maravillas

de Miguel de Cervantes

Adaptado por
José Cañas Torregrosa

PERSONAJES

CHANFALLA

CHIRINOS

RABELÍN

GOBERNADOR

BENITO

JUAN

CAPACHO

CASTRADA

TERESA

FURRIEL

(*Salen a escena Chanfalla y la Chirinos, pareja de faranduleros y troleros tanto como de pícaros y burladores.*)

Chanfalla: No se te olviden, Chirinos, mis consejos, principalmente los que te he dado para este nuevo embuste, que ha de salir tan claro como el último.

Chirinos: Chanfalla ilustre, lo que en mí fuere, tenlo como de molde; que tanta memoria tengo como entendimiento, a lo que se une la voluntad de acertar a satisfacerte; pero dime: ¿de qué te sirve este Rabelín que hemos contratado? Nosotros dos solos, ¿no pudiéramos salir con esta empresa?

Chanfalla: Lo necesitamos tanto como el pan de la boca para tocar en los espacios que tardaren en salir las figuras del Retablo de las Maravillas.

Chirinos: Maravilla será que no nos apedreen sólo por el Rabelín, porque, tan desventurada criaturilla, no la he visto yo en todos los días de mi vida.

(Entra ahora a escena el Rabelín, músico y personajillo bajito, de cara arratonada.)

Rabelín: ¿Tengo que hacer algo en este pueblo, señor Autor? Que ya me muero porque vuestra merced vea que no me contrató en balde, sin cuenta ni razón, o como dicen vuestras mercedes los cómicos, a carga cerrada.

Chirinos: ¿A carga cerrada? Cuatro cuerpos de los vuestros no harán un tercio, cuanto más una carga; si no sois más gran músico que grande en tamaño, apañados estamos.

Rabelín: Ya verán; en verdad que, aunque sea chico, me han escrito para entrar en una compañía donde se reparten las ganancias por partes.

Chanfalla: Si os han de dar la parte a medida del cuerpo, casi será invisible. Chirinos, poco a poco estamos ya en el pueblo, y estos que aquí vienen deben de ser, como lo son sin duda, el Gobernador y los Alcaldes. Salgámosles al encuentro, y date un filo a la lengua en la piedra de la adulación; pero no despuntes de aguda. (*Aparecen el Gobernador, y Benito Repollo, alcalde, Juan Castrado, regidor, y Pedro Capacho, escribano)* Beso a vuestras mercedes las manos: ¿quién de vuestras mercedes es el Gobernador de este pueblo?

Gobernador: Yo soy el Gobernador. ¿Qué es lo que queréis, buen hombre?

Chanfalla: Aun teniendo yo solamente dos onzas de entendimiento hubiera visto que esa peripatética y anchurosa presencia no podía ser otra que del dignísimo Gobernador de este honrado pueblo; que, por ser de las Algarrobillas, debería desecharlo vuestra merced.

Chirinos: En vida de la señora y de los señoritos, si es que el señor Gobernador los tiene.

Capacho: No es casado el señor Gobernador.

Chirinos: Para cuando lo sea.

Gobernador: Y bien, ¿qué es lo que queréis, hombre honrado?

Chirinos: Honrados días viva vuestra merced, que así nos honra; en fin, la encina da bellotas, el pero peras, la parra uvas, y el honrado honra, sin poder hacer otra cosa.

Benito: Sentencia ciceronianca, sin quitar ni poner un punto.

Capacho: Ciceroniana quiso decir el señor alcalde Benito Repollo.

Benito: Siempre quiero decir lo que es mejor, sólo que muchas veces no acierto; en fin, buen hombre, ¿qué queréis?

Chanfalla: Yo, señores míos, soy Montiel, el que trae el Retablo de las Maravillas; me han mandado a llamar los señores cofrades de los hospitales, porque no hay autor de comedias en ellos, y con mi ida se remediará todo.

Gobernador: Y ¿qué quiere decir Retablo de las Maravillas?

Chanfalla: Por las maravillosas cosas que en él se enseñan y muestran, viene a ser llamado Retablo de las Maravillas; el cual fabricó y compuso el sabio Tontonelo, bajo tales paralelos, rumbos, astros y estrellas, con tales puntos, caracteres y observaciones, que ningún confeso, o persona que haya sido procreada de ilegítimo matrimonio, además del que fuere contagiado de estas dos tan usadas enfermedades, despídase de ver las cosas, jamás vistas ni oídas, de mi retablo.

Benito: Cada día se ven en el mundo cosas nuevas. Y ¿de verdad se llamaba Tontonelo el sabio que compuso el Retablo?

Chirinos: Tontonelo se llamaba, nacido en la ciudad de Tontonela: hombre de quien se dice que le llegaba la barba a la cintura.

Benito: Generalmente, los hombres de grandes barbas son sabihondos.

Gobernador: Señor regidor Juan Castrado, yo determino, con su aprobación, que esta noche se despose la señora Teresa Castrada, su hija, de quien yo soy padrino y, para esplendor de la fiesta, quiero que el señor Montiel muestre en vuestra casa su Retablo.

Juan: Lo haría yo por servir al señor Gobernador, con cuyo parecer coincido, aunque haya alguna cosa en contra.

Chirinos: La cosa que hay en contra es, que, si no se nos paga primero nuestro trabajo, por adelantado, no verán las figuras. ¿Es que vuestras mercedes no tienen conciencia y alma en esos cuerpos? ¡Bastaría con que entrase esta noche todo el pueblo en casa del señor Juan Castrado, y viese lo contenido en el tal Retablo, y mañana, cuando quisiésemos mostrarlo al pueblo, no hubiese alma que lo viese! No, señores, no señores; *ante omnia* nos han de pagar lo que fuera justo.

Benito: Señora Autora, aquí no os ha de pagar ninguna Antonia, ni ningún Antonio; el señor regidor Juan Castrado os pagará más que honradamente, y si no, el Concejo. ¡Bien conocéis el lugar, por cierto! Aquí, hermana, no aguardamos a que ninguna Antonia pague por nosotros.

Capacho: ¡Ay, pecador de mí, señor Benito Repollo, y qué lejos da en el blanco! No dice la señora Autora que pague ninguna Antonia, sino que le paguen por adelantado, antes de todo, que eso quiere decir *ante omnia*.

Benito: Mirad, escribano Pedro Capacho, haced vos que me hablen a derechas, que yo entenderé a pie llano; vos, que sois leído y escribido, podéis entender esas algarabías, que yo no.

Juan: Ahora bien, ¿se contentará el señor Autor con que yo le dé adelantados media docena de ducados? Y más todavía, que yo tendré buen cuidado que no entre gente del pueblo esta noche en mi casa.

Chanfalla: Quedo contento, que yo me fío de la diligencia de vuestra merced y de su buen término.

Juan: Pues véngase conmigo, recibirá el dinero y verá mi casa, y la comodidad que hay en ella para mostrar ese Retablo.

Chanfalla: Vamos, y no se les olviden las condiciones que han de tener los que se atrevieren a mirar el maravilloso Retablo.

Benito: A mi cargo queda eso, y sólo decirle que, por mi parte, puedo ir seguro a ese juicio, pues mi padre fue como yo, alcalde; y soy cristiano viejo por los cuatro costados de mi linaje: ¡miren si veré el tal Retablo!

Capacho: Todos lo pensamos ver, señor Benito Repollo.

Juan: No nacimos acá en las malvas, señor Pedro Capacho.

Gobernador: Todo será menester, según voy viendo, señores Alcalde, Regidor y Escribano.

Juan: Vamos, Autor, y manos a la obra; que Juan Castrado me llamo, hijo de Antón Castrado y de Juana Macha; y no digo más, pagaré y seguro que podré ponerme cara a cara delante del referido retablo.

Chirinos: ¡Dios lo haga!

(Se van Juan Castrado y Chanfalla.)

Gobernador: Señora Autora, ¿qué poetas de fama se usan ahora en la Corte, especialmente de los llamados cómicos? Porque yo también tengo mis puntas de poeta, y gusto de la farándula y carátula. Veintidós comedias tengo, todas nuevas, bien contadas, una tras otra; estoy aguardando el momento oportuno para ir a la corte y enriquecer con ellas a media docena de autores.

Chirinos: A lo que vuestra merced, señor Gobernador, me pregunta de los poetas, no le sabré responder; porque hay tantos que quitan el sol; y además todos piensan que son famosos. Los poetas cómicos son los más frecuentes. Pero dígame vuestra merced, por su vida: ¿Cómo es su gracia? ¿cómo se llama?

Gobernador: A mí, señora Autora, me llaman el Licenciado Gomecillos.

Chirinos: ¡Válgame Dios! ¿Vuestra merced es el señor Licenciado Gomecillos, el que compuso aquellas coplas tan famosas de "*Lucifer estaba malo*", y "*Tómale mal de fuera*"?

Gobernador: Malas lenguas hubo que me quisieron ahijar esas coplas, pero no fueron mías. Las que yo compuse, y no lo quiero negar, fueron aquellas que trataron que los poetas son ladrones unos de otros. Yo nunca me precié de hurtar nada a nadie: con mis versos me ayude Dios, y hurte el que quisiere.

(Vuelve Chanfalla.)

Chanfalla: Señores, vuestras mercedes vengan, que todo está a punto, y no falta más que comenzar.

Chirinos: ¿Está ya guardado el dinero en la bolsa de tu faltriquera?

Chanfalla: Y aun entre las telas del corazón.

Chirinos: Pues te aviso, Chanfalla, que el Gobernador es poeta.

Chanfalla: ¿Poeta? ¡Cuerpo del Mundo! Pues dale por engañado, porque todos los de humor semejante son gente descuidada, crédula y poco maliciosa.

Benito: Vamos, Autor, que me saltan los pies por ver esas maravillas.

(Se van todos. Salen Juana Castrada y Teresa Repollo, labradoras.)

Castrada: Aquí te puedes sentar, Teresa Repollo, amiga, que tendremos el Retablo enfrente; y pues sabes las condiciones que han de tener los miradores del Retablo, no te descuides, que sería una gran desgracia perdernos algo.

Teresa: Ya sabes, Juana Castrada, que soy tu prima y no digo más. ¡Ojalá tuviera yo el cielo tan seguro, como tengo cierto que veré todo aquello que el Retablo mostrare! ¡Por el siglo de mi madre, que me sacaría los mismos ojos de mi cara, si alguna desgracia me aconteciese! ¡Bonita soy yo para eso!

Castrada: Sosiégate, prima; que toda la gente viene.

(Entran el Gobernador, Benito Repollo, Juan Castrado, Pedro Capacho, el Autor y la Autora, el Músico y un sobrino de Benito, que será despues el gentil hombre que baile.)

Chanfalla: Siéntense todos; el Retablo ha de estar detrás de este repostero, y la Autora también, y aquí el músico.

Benito: ¿Músico es éste? Métanle también detrás del repostero, que, a cambio de no verle, daré por bien empleado el no oírle.

Chanfalla: No tiene vuestra merced razón, señor alcade, de no contentarse con el músico, que en verdad es muy buen cristiano e hidalgo de familia conocida.

Gobernador: ¡Son estas cualidades necesarias para ser buen músico!

Benito: De familia, bien podrá ser; pero sonar, suena bien mal...

Rabelín: ¡Eso merezco por venir a tocar delante de...!

Benito: ¡Pues por Dios, que hemos visto aquí sonar a otros músicos tan...!

Gobernador: Quédese esta razón en el *de*... del señor Rabel y en el *tan*... del Alcalde y que el señor Montiel comience su obra.

Benito: Pocas cosas trae este autor para tan gran Retablo.

Juan: Todo debe de ser de maravillas.

Chanfalla: Atención, señores, que comienzo:
¡Oh tú, quien quiera que fuiste, que fabricaste este Retablo con tan maravilloso artificio, que alcanzó renombre de las Maravillas, por la virtud que en él se encierra, te conjuro, apremio y mando que muestres a estos señores algunas de tus maravillosas maravillas, para que se regocijen y tomen placer, sin escándalo alguno!
Ea, que ya veo que has otorgado mi petición, pues por aquella parte asoma la figura del valentísimo Sansón, abrazado a las columnas del templo, para derribarlo y tomar venganza de sus enemigos. ¡Tente, valeroso caballero, tente, por la gracia de Dios Padre; no hagas tal desaguisado, para que no aplastes y hagas tortilla a tanta y tan noble gente como aquí se ha juntado!

Benito: ¡Téngase! ¡Bueno sería que, en lugar de habernos venido a holgar, quedásemos aquí hechos plasta! ¡Téngase, señor Sansón!

Capacho: ¿Lo veis, Castrado?

Juan: Pues ¿no le había de ver? ¿Tengo yo los ojos en el cogote?

Capacho: Milagroso caso es éste: así veo yo a Sansón ahora, como si se tratara del Gran Turco. Pues en verdad que me tengo por legítimo y cristiano viejo.

Chirinos: ¡Guárdate, hombre, que sale el mismo toro que mató al ganapán en Salamanca! ¡Échate, hombre; échate, hombre; Dios te libre, Dios te libre!

Chanfalla: ¡Échense todos, échense todos! ¡Eje, eje! ¡Eje!

(Todos se tiran al suelo y se alborotan.)

Benito: El diablo lleva en el cuerpo el torillo; sus partes tiene de hosco y de bragado; si no me tiendo, me lleva de vuelo.

Juan: Señor Autor, haga, si puede, que no salgan figurillas que nos alboroten; y no lo digo por mí, sino por estas muchachas, que no les ha quedado gota de sangre en el cuerpo, de la ferocidad del toro.

Castrada: Es verdad, padre. No pienso volver en mí en tres días; ya me vi en sus cuernos, que los tiene agudos como una lezna.

Gobernador: *(Aparte)* Basta, que todos ven lo que yo no veo; pero al fin habré de decir que lo veo, por la negra honrilla.

Chirinos: Esa manada de ratones que allá va, desciende por línea directa de aquellos que se criaron en el arca de Noé; los hay blancos, grises, jaspeados, y azules; pero, al fin y al cabo, todos son ratones.

Castrada: ¡Jesús! ¡Ay de mí! ¡Sujétenme o me arrojaré por aquella ventana! ¿Ratones? ¡Desdichada de mí! ¡Amiga, apriétate las faldas, y cuida que no te muerdan; ¡anda que son pocos! ¡por el siglo de mi abuela que pasan de mil!

Teresa: Yo sí soy la desdichada, porque se me entran sin reparo ninguno; un ratón morenico me tiene asida de una rodilla: ¡socorro venga del cielo, pues en la tierra me falta!

Benito: Menos mal que tengo gregüescos: que no hay ratón que se me entre, por pequeño que sea.

Chanfalla: Esta agua, que tan rápida cae de las nubes, es de la fuente que da origen y principio al río Jordán. A toda mujer que toque en el rostro, se le volverá como de plata bruñida, y a los hombres, se les volverán las barbas como de oro.

Castrada: ¿Oyes, amiga? descubre presto el rostro. ¡Oh, qué licor tan sabroso! Y vos, padre, cúbrase, no se moje.

Juan: Todos nos cubrimos, hija.

Benito: Por las espaldas me ha calado el agua hasta la canal maestra.

Capacho: Pues yo estoy más seco que un esparto.

Gobernador: *(Aparte)* ¿Qué diablos puede ser esto, que aún no me ha tocado una gota, donde todos se ahogan? Y, ¿si viniera yo a ser bastardo entre tantos legítimos?

Benito: Quítenme de allí aquel músico; si no, voto a Dios que me vaya sin ver más figura. ¡Vete al diablo, músico aduendado que repites una y otra vez sin cítara y sin son!

Rabelín: Señor alcalde, no la tome conmigo, que yo toco como Dios me ha enseñado.

Benito: ¿Dios te había de enseñar, sabandija? ¡Métete tras la manta; si no, por Dios que te arrojo este banco!

Rabelín: El diablo creo que me ha traído a este pueblo.

Capacho: Fresca es el agua del santo río Jordán; y, aunque me cubrí lo que pude, todavía me alcanzó un poco en los bigotes, y apostaré que los tengo rubios como el oro.

Benito: Y aun peor cincuenta veces.

Chirinos: Allá van hasta dos docenas de leones rampantes y de osos colmeneros; todo ser viviente se cuide de ellos; que, aunque fantásticos, podrían causar algún daño.

Juan: Ea, señor Autor, ¡por el cuerpo de Cristo! ¿Ahora nos quiere llenar la casa de osos y de leones?

Benito: ¡Anda que nos envía ruiseñores y calandrias el sabioTontonelo! ¡Leones y dragones! Señor Autor, o salen figuras más apacibles, o aquí nos contentamos con las ya vistas, y Dios le guíe, y no se quede más en el pueblo un momento.

Castrada: Señor Benito Repollo, dejen salir a ese oso y los leones, siquiera por nosotras, y estaremos contentas.

Juan: Pues, hija, ¿antes te espantabas de los ratones y ahora pides osos y leones?

Castrada: Todo lo nuevo place, señor padre.

Chirinos: Esa doncella, que ahora ven tan galana y tan compuesta, es la llamada Herodías, cuyo baile alcanzó en premio la cabeza del Precursor de la vida. Si hay quien la ayude a bailar, verán maravillas.

Benito: ¡Esta sí, cuerpo del mundo, que es figura hermosa, apacible y reluciente! ¡Y cómo se mueve la muchacha! Sobrino Repollo, tú que sabes tocar las castañetas, ayúdala, y será muy solemne la fiesta.

Sobrino: Me place, tío Benito Repollo.

(Tocan el baile de la zarabanda.)

Capacho: ¡Toma mi abuelo, sí que es antiguo el baile de la zarabanda!

Benito: Ea, demuéstrale cómo bailas a esa bellaca judía... Mas, si ésta es judía, ¿cómo puede ver estas maravillas?

Chanfalla: Todas las reglas tienen excepción, señor Alcalde.

(Suena una trompeta y entra un furriel de compañía de soldados.)

Furriel: ¿Quién es aquí el señor Gobernador?

Gobernador: Yo soy. ¿Qué manda vuestra merced?

Furriel: Que enseguida, mande preparar alojamiento para treinta soldados que llegarán aquí dentro de media hora, y aun antes, que ya suena la trompeta; y adiós.

(Se va.)

Benito: Apuesto que los envia el sabio Tontonelo.

Chanfalla: No hay tal apuesta pues ésta es una compañía de caballería, que estaba alojada dos leguas de aquí.

Benito: Ahora conozco bien a Tontonelo, y sé que vos y él sois unos grandísimos bellacos; y mirad que os mando que le digáis a Tontonelo no se atreva a enviar a estos soldados, pues les haré dar doscientos azotes en la espalda.

Chanfalla: ¡Os digo, señor alcalde, que no los envía Tontonelo!

Benito: Y yo digo que los envía Tontonelo, como ha enviado las otras sabandijas que yo he visto.

Capacho: Todos las hemos visto, señor Benito Repollo.

Benito: No digo yo que no, señor Pedro Capacho. Y tú, no toques más, músico de entre sueños, que te romperé la cabeza.

(Vuelve de nuevo el furriel.)

Furriel: Ea, ¿está preparado el alojamiento? Ya se encuentra la caballería en el pueblo.

Benito: ¿Qué? ¿Aún quiere salirse con la suya Tontonelo? ¡Pues yo os juro, Autor de humos y de embelesos, que me lo habéis de pagar!

Chanfalla: Sean testigos de que me amenaza el Alcalde.

Chirinos: Sean testigos de que dice el Alcalde que, lo que manda Su Majestad, el Rey, lo manda el sabio Tontonelo.

Benito: Atontoneleada te vean mis ojos, señora Autora; ruega a Dios Todopoderoso.

Gobernador: Yo creo que, verdaderamente, estos hombres de armas no deben ser de burlas.

Furriel: ¿De burlas habían de ser, señor Gobernador? ¿Está en su juicio?

Juan: Bien pudieran estar atontoneleados; como esas cosas que hemos visto aquí. Por vida del Autor, que haga salir otra vez a la doncella Herodías, para que vea este señor lo que nunca ha visto; quizá con esto lo podamos convencer y se vaya presto del lugar.

Chanfalla: Sea en buena hora. Miren, aquí vuelve, y hace señas a su bailador para que de nuevo la ayude.

Sobrino: Por mí no quedará, por cierto.

Benito: Eso sí, sobrino, cánsala, cánsala; vueltas y más vueltas: ¡vive Dios, que es un azogue la muchacha! ¡Vamos, vamos! ¡A ello, a ello!

Furriel: ¿Está loca esta gente? ¿Qué diablos de doncella es ésta, y qué baile, y qué Tontonelo?

Capacho: ¿No ve la doncella herodiana el señor Furriel?

Furriel: ¿Qué diablos de doncella tengo que ver?

Capacho: ¡Basta! ¡Es un converso!

Gobernador: ¡Es un converso, es un converso!

Furriel: ¡Soy de la mala madre que los parió; y por Dios que, como eche mano de la espada, los haré salir por las ventanas, que no por la puerta!

Capacho: ¡Converso!

Benito: Sí; de la casta de ellos es, pues no ve nada.

Furriel: ¡Chusma canalla! Si otra vez me dicen que soy de ellos, no les dejaré hueso sano.

Benito: Nunca los confesos ni los bastados fueron valientes, y por eso no podemos dejar de decirlo: ¡de ellos es, converso! ¡Converso!

Furriel: ¡Al ataque con los villanos! ¡Esperad!

(Mete mano a la espada, y lucha contra todos; y el Alcalde aporrea mientras al pequeño Rabelín; y la Chirinos descuelga la manta mientras dice.)

Chirinos: El diablo ha sido la trompeta y los hombres de armas llegaron en su justo momento; parece que lo llamaron con campanilla.

Chanfalla: El suceso ha sido extraordinario; continuaremos mañana mostrando y cantando al pueblo el triunfo de esta batalla, y diciendo: ¡Vivan Chirinos y Chanfalla!

Ganas de Reñir

de los Hnos. Álvarez Quintero

PERSONAJES

MARTIRIO

JULIÁN

(Un rincón de una calle de Sevilla. Puerta de la casa de Martirio. Es por la tarde, en primavera.

Martirio, bellísima mujer, hija de un popular regente de imprenta, sale a la puerta de su casa a esperar sentada a su novio, que es fotógrafo. Tiene los ojos negros y negro el cabello, y esta tarde, negras también las intenciones. Le ha amanecido el día con ganas de reñir.)

Martirio: ¡Jesús con mi madre! ¡Las cosas de las viejas, señó! Si una no riñera con su novio na más que cuando tiene motivos, ¡vaya una grasia! ¡Una grasia mohosa! La cuestión es reñí sin motivo. Se tienen ganas de reñí como se tienen ganas de comerse un durse o de tomá un pescao. Y hoy tengo yo ganas de reñí. Y riño ¡Ya lo creo que riño! Santitos que me pinte van a sé demonios. Esta tarde riño con é. No es que terminemos, no; es que riño esta tarde. Se me ha puesto en la cabesa reñí. Ayí viene. Míalo qué risueño. Poco le va a durá la sonrisa. Y contoneándose. Ya te daré yo contoneo. Y creyendo que lo voy a resibí como a un Rey Mago ¡Sirba, sirba!... ¡To el aire que eches fuera te lo vas a tené que sorbé!... ¡Sirba, sirba!...

(Breve pausa. Sale, en efecto, silbando, Julián, con rostro placentero. El hombre viene a pasar allí el mejor rato de todo el día.)

Julián: ¡Hola perdisión!

Martirio: ¡Hola! ¿No traes er perro?

Julián: No. Lo he dejao en casa.

Martirio: ¡Como venías sirbando!...

Julián: ¡Ah! Contento que está uno.

Martirio: ¿Estás tú contento?

Julián: ¿No me ves? ¿Y tú, no estás contenta?

Martirio: Estándolo tú...

Julián: Me lo dises con una cara...

Martirio: Con la que tengo, hijo.

Julián: ¿Te pasa argo?

Martirio: ¿A mí? ¿Por qué?

Julián: ¡Qué sé yo! Te veo de una forma... ¿Me he retardao, quisás? *(Mira su reloj)* Ar contrario: no son las seis, y todos los días vengo a las seis y media...

Martirio: Lo cuá significa que tos los días pués vení antes, y no vienes... porque no se te antoja.

Julián: Según se da er trabajo en la fotografía...

Martirio: Yo no me voy a meté en averiguarlo ¿sabes?

Julián: Unas veses acude mucho público y otras veses poco...

Martirio: ¡Si no te pido esplicasiones, Julián! Ayá tú.

Julián: Er resurtao es que te incomodas porque vengo a verte media hora antes. Lo tendré presente pa mañana.

Martirio: ¿Pa mañana? No pienses pa tan lejos.

Julián: ¿Eh?

Martirio: Ya lo he dicho.

Julián: *(Haciéndose cargo de la situación, como otras veces)* ¡Bueno está! *(Pausa. Silba de nuevo)*

Martirio: Sirba, hijo, sirba más; a vé si viene er perro y me yena de purgas.

Julián: Tú, tú; que mi perro no tiene purgas.

Martirio: ¡Ah! es verdá: soy yo quien se las pega ar perro.

Julián: Pero, mujé, ¿qué bicho te ha picao?

Martirio: ¡Habrá sío una purga!

Julián: ¡Vaya! ¿Y tu madre?

Martirio: ¡Ya era hora, hombre!

Julián: ¿Qué?

Martirio: ¡Ya era hora de que me preguntaras por eya!

Julián: ¡Si acabo de yegá, Martirio!

Martirio: Pero has tenío tiempo de hablá de veinte cosas antes que de mi madre; er perro, los sirbíos, mi cara, tu negosio, la hora, las purgas... ¡Lo úrtimo, mi madre! ¡Bien le pagas lo que te quiere! Pos te engañas en más de la mitá: mi madre, pa mí, es lo primero. Si lo quieres así, lo tomas, y si no, lo dejas. Esto no armite variante.

Julián: To lo que sea pa ti lo primero lo es siempre pa mí.

Martirio: ¿Mi madre va a sé pa ti primero que tu madre? ¡Eso se lo cuentas a tu abuela!

Julián: Bueno, cuando no se quiere comprendé...

Martirio: ¡Si yo soy un soquete!

(Pausa.)

Julián: ¿No me has sacao siya?

Martirio: ¡Como no pensaba que ibas a vení tan temprano!... ¡Has venío tan temprano!...

Julián: Claro, sí. Iré yo por una, en castigo.

(Va a entrar en la casa y la impertinencia de Martirio lo detiene.)

Martirio: Mi padre, bueno; grasias.

Julián: Con tu padre he estao yo hablando hase sinco minutos, y sé que está bueno. Salía de la imprenta y lo he acompañao hasta er café.

Martirio: Pero ¡yo no soy adivinadora!

Julián: Es verdá. ¡Ni yo adivinadó tampoco! ¡Y bien que lo siento; porque me gustaría adiviná qué caracoles te susede esta tarde!

Martirio: Mira, mira, fotógrafo, gritos y palabrotas, no; que la caye es muy ancha y pués irte por donde más coraje te dé. *(Julián hace un gesto, y luego se vuelve de nuevo hacia la casa para entrar en ella)* ¡Ahí está! Ensima, vuérveme la esparda.

Julián: ¡Si voy por la siya! ¿He de entrá en tu casa andando pa atrás, como pasean las monjas? *(Se mete dentro tal como dice)*

Martirio: Ya verás, ya verás. Todavía no he empesao. Y er día que me coge con ganas de reñí, ér mismo me ayuda. Na más de verlo tan campante, se me aumentan. Paesco una gata frente a un perro. Ya verás, ya verás. *(A él, que trae una silla)* ¡Hombre, qué bonito! ¿No se te ha ocurrió cogé la siya más que de la sala?

Julián: La que he encontrao más serca, Martirio.

Martirio: Y ¿no se te figura mucho lujo pa la puerta e la caye?

Julián: ¿Cuár traigo entonses? ¡Dímelo tú!

Martirio: ¡Cuarquiera menos ésa!

Julián: ¡Bueno! *(Éntrase en la casa otra vez)*

Martirio: Ya verás, ya verás. ¿De dónde sacará mi madre que pa reñí hasen farta motivos? ¡Chocheses! Y, sobre to, que si yo no riño esta tarde, no duermo esta noche. ¡Y prefiero que no duerma é!

(Vuelve Julián con otra silla vieja cuyo asiento está roto.)

Julián: ¿Habré asertao ahora? ¡No me dirás que ésta es de lujo!

Martirio: ¡Mira qué ánge tienes también! ¡Míralo qué grasioso! ¡Ponme en vergüensa hombre! ¡Que cualquiera que pase y la vea prinsipie a yamá a voses ar siyero!

Julián: No tengas cuidao, porque el asiento voy a taparlo yo ahora mismo. *(Se sienta)* Ya está ¡Lo que es otra siya no saco!

(Pausa. Él no sabe ya qué decirle. Enciende un cigarrillo.)

Martirio: ¡No podía fartá la chimenea!

Julián: *(Levantándose y tirando el pitillo con rabia)* ¡Caray, que no hay manera de entenderte!

Martirio: ¿Ves? ¡Ya está el asiento al aire!

Julián: ¡Pos déjalo! ¡Así se ventila! Quéate con Dios, y tómate un cosimiento pa la sangre, prenda.

Martirio: ¡Ah! pero ¿te vas?

Julián: ¡Naturalmente! ¡Ni que te conosiera de dos días! Ya está visto que esta tarde hay que peleá porque sí. Y como está visto y yo no quiero peleá porque sí, me voy sin más espera.

Martirio: Pretestos pa dejarme cuando te aguardan los amigos, no te fartan nunca.

Julián: ¿Es desí, que yo me voy ahora por gusto, por capricho?

Martirio: ¡A vé!

Julián: ¡Ea! ¡Pos no me voy: me quedo! ¡Te brindaré este plato una vez más!

Martirio: ¿Una vez más o una vez menos?

Julián: Eso no lo entiendo, Martirio.

Martirio: Ni yo tampoco. Pero en esta casa er regente de imprenta es mi padre; yo no tengo por qué medí las palabras. Digo siempre lo que se me viene a la boca. Si conviene bien, y si no, lo dicho: la caye es más larga que ancha y está sembrá de cayejuelas. Don Rodrigo murió en la jorca. Y fuma, fuma si te lo pide er cuerpo.

Julián: No. Te molesta el humo.

Martirio: El humo, no: es lo único que no me molesta. Me molesta er pitiyo. El argodonsito de la boquiya ¡me da un asco!... ¡Uf! ¡Qué asco me da!

Julián: ¡Pos fumo emboquiyaos porque te daban asco los otros!

Martirio: ¡Pos ahora me dan asco los emboquiyaos!

Julián: Sí, sí. *(Después de otro silencio, se levanta y se acerca a ella para quemar el último cartucho. Advierte entonces que vuelve a dejar descubierto el roto asiento de la silla, y la tapa con el sombrero)* ¿Se te pué preguntá una cosa?

Martirio: Y siento; ¿soy yo un puercoespín?

Julián: ¿Has resibío las pruebas de los retratos?

Martirio: ¿De qué retratos?

Julián: ¡De los tuyos!

Martirio: ¿De los míos? Pero ¿aquéya soy yo? ¡Que való tienes! ¡Te lusiste, hombre! Aquéya será una muñeca; pero ¡lo que es yo!... Por toa la vesindá he paseao las pruebas, y la que más ha tomao er retrato por er de una parienta mía más negra que er betún. ¿Soy yo tan negra, hijo?

Julián: ¡Desgrasias! Ya ves tú, yo estaba contento.

Martirio: Amor propio de los artistas. Pero ni conmigo ni con mi familia das nunca en er clavo. Siempre te has de estreyá. Acuérdate de lo der tío Jasinto.

Julián: ¿Qué es lo der tío Jasinto?

Martirio: ¿No te acuerdas? Pos ¡chico bochorno pasó! Le hisiste tú er retrato pa er kilométrico, tomó er tren... y en la primera estasión lo echaron abajo. ¡Si se pareseria!

Julián: *(Sonriendo)* Ese es un cuento que anda por Seviya... y a ti se te ha antojao encajármelo ahora. Pero yo no soy aquer fotógrafo. En fin... la voluntá me sarve. Veremos otra vez.

Martirio: ¡Como que voy yo a está vistiéndome ca cuatro días y subiendo y bajando a tu palomá hasta que tú des en la yema! Y cuidao que te lo previne: ¡yoviendo no sale bien ningún retrato! Pero te empeñaste. Y en er momento de quitarle er tapón a la máquina, diluviaba.

Julián: Sí, sí. *(Se hace aire con el sombrero)*

Martirio: ¿Tienes caló?

Julián: ¿Es que no lo hase?

Martirio: Yo no tengo ninguno.

Julián: Pos yo sí.

Martirio: Tú eres muy fogoso.

Julián: ¿Muy fogoso? *(Con violencia y coraje)* ¡Si yo fuera muy fogoso, Martirio!…

Martirio: ¿Qué? ¡Acaba hombre! Amagá y no da es de… de…

Julián: ¿De qué? ¡Acaba tú!

Martirio: Acaba tú primero.

Julián: Sí voy a acabá, sí; voy a acabá por irme.

Martirio: ¡Como que no deseas otra cosa desde que yegaste!

Julián: ¡Cuando lo despiden a uno!…

Martirio: ¡Cuando una ve que se viene ar lao de una por compromiso!…

Julián: ¡Cuando uno se convense de que no se trata más que de peleá sin rasón!…

Martirio: ¡Ah! ¿Yo no tengo rasón pa peleá contigo esta tarde?

Julián: ¿Qué rasón tienes?

Martirio: ¿No tengo rasón?

Julián: ¡Dime una siquiera!

Martirio: No te dará en los dientes, goloso.

Julián: ¡Dime una!

Martirio: Eso quisieras tú. A mí me gusta que se me lean las cosas en la frente.

Julián: ¡Pos lo que es eso!... Apenas he yegao esta tarde te he leído como en un carté. ¡Ganas de reñí que tienes hoy! ¡Ni más ni menos!

Martirio: ¿Ganas de reñí?

Julián: ¡Ganas de reñí que te entran como un costipao... y hasta que no lo sudo yo no te pones buena! ¡Ea! ¡De verano!

Martirio: ¿Ar fin te vas?

Julián: ¡Claro! ¿Pa qué he de quedarme más tiempo? ¿No querías reñí? ¿No hemos reñío ya? ¡Pos Santas Pascuas y que sea enhorabuena!

Martirio: Mira, Julián, no grites, que estamos en la caye.

Julián: ¡Pos métete dentro!

Martirio: ¡Qué bonita contestasión! ¡Y soy yo la de las ganas de pelea!

Julián: ¡No; soy yo!

Martirio: ¡Digo si eres tú!

Julián: ¡Yo, yo; yo que he venido a verte con esas intensiones!

Martirio: ¡Eso es!

Julián: ¡Eso es!

Martirio: ¡Eso, eso es; no lo repitas con retintín!

Julián: ¡Sin retintín ninguno! ¡Eso es!

Martirio: ¡Eso es!

Julián: ¡Ya, grasias a Dios, estamos de acuerdo! Y

como ya estamos de acuerdo grasias a Dios... ¡hasta mañana si Dios quiere! ¡O hasta er día der Juisio!

Martirio: ¡Hasta er vaye de Josafá! ¿A mí qué?

Julián: ¡A sudá er costipao! *(Vase echando fuego por el lado contrario al que llegó)*

Martirio: ¡A sudarlo! ¡Tómate un seyo urgente! *(Gritándole cuando ya ha desaparecido)* ¡Si te piensas que ahora voy a yorá, te equivocas! *(Sonriendo dichosa después)* ¡Diga mi madre lo que quiera, esto sabe a gloria bendita! ¡Ay, qué a gusto estoy!

Negro se va pa Triana.
Y ér sabe que hemos reñío
porque a mí me ha dao la gana.
¡Es mío! ¡Na mas que mío!
(Relamiéndose)
¡Qué pases los de mañana!

Madrid, febrero, 1923.

Índice